ANIGA IYO ADIGA KUTI YARE

QORE: MAARTIN WAADHEL
SAWIRE: BAARBARA FEERIS

This edition published in 1996 by
Magi Publications
22 Manchester Street, London W1M 5PG

Text © Martin Waddell, 1996
Illustrations © Barbara Firth, 1996
Copyright © Somali translation, Magi Publications, 1996

First published in Great Britain in 1996 by
Walker Books Ltd, London

Printed and bound in Italy

ISBN 1 85430 521 2

YOU AND ME, LITTLE BEAR

by Martin Waddell

illustrated by Barbara Firth

Translated by Adam Jama

Beri waxaa jiray laba Madax kuti,
mid weyn iyo mid yar. Madax kutida weyni
waa kuti weyne.
Madax kutida yarina waa kuti yare.
Kuti yare wuxuu rabay inay ciyaaraan, laakiin kuti
wayne howl ayaa utaallay.

Once there were two bears,
Big Bear and Little Bear.
Big Bear is the big bear and Little Bear
is the little bear.
Little Bear wanted to play, but Big Bear
had things to do.

'Waxaan rabaa inaan
ciyaaro!' ayuu yidhi kuti yare.
'Waa inaan xaabo dabka usoo guro,' ayuu
yidhi kuti weyne.
'Anna xaabo ayaan soo gurayaa,' ayuu yidhi
kuti yare.
'Anniga iyo adiga, kuti yare,' ayuu yidhi kuti
weyne, 'Ayaa soo wada gurayna xaabada!'

"I want to play!" Little Bear said.
"I've got to get wood for the fire,"
said Big Bear.
"I'll get some too," Little Bear said.
"You and me, Little Bear," said Big Bear.
"We'll fetch the wood in together!"

'Maxaynu immikana qabannaa?' ayuu weydiiyay kuti yare.

'Biyo ayaan doonayaa,' ayuu yidhi kuti weyne.

'Maku soo raaci karaa?' ayuu weydiyay kuti yare.

'Anniga iyo adiga, kuti yare,' ayuu yidhi kuti weyne, 'Ayaa wada doonayna biyaha.'

"What shall we do now?" Little Bear asked.

"I'm going for water," said Big Bear.

"Can I come too?" Little Bear asked.

"You and me, Little Bear," said Big Bear.

"We'll go for the water together."

'Immikaynu ciyaari karaa,' ayuu yidhi kuti yare.
'Weli waxaa ii hadhay inaan hoggeenna kala
hagaajiyo,' ayuu yidhi kuti weyne.
'Haye . . . anna waan kula hagaajinayaa!' ayuu yidhi
kuti yare. 'Anniga iyo adiga,' ayuu yidhi kuti
weyne. 'Adiguna intaada kala hagaaji, kuti yare.
Anna inta kale ayaan ka shaqaynayaa.'

"Now we can play," Little Bear said.
"I've still got to tidy our cave," said Big Bear.
"Well . . . I'll tidy too!" Little Bear said.
"You and me," said Big Bear. "You tidy your
things, Little Bear. I'll look after the rest."

'Waan kala hagaajiyay intaydii, kuti weyne!' ayuu yidhi kuti yare.

'Waad fiican tahay kuti yare,' ayuu yidhi kuti weyne. 'Laakiin annigu weli ma dhammayn.'

'Waxaan rabaa inaad ila ciyaartaa!' ayuu yidhi kuti yare.

'Waa inaad kelligaa ciyaartaa kuti yare,' ayuu yidhi kuti weyne. 'Weli howl baa ii hadhsane.'

Markaasaa kuti yare baxay si uu u ciyaaro kelligii, kuti weyne-na hawshiisii ku dhaqaaqay.

"I've tidied my things, Big Bear!" Little Bear said.

"That's good, Little Bear," said Big Bear. "But I'm not finished yet."

"I want you to play!" Little Bear said.

"You'll have to play by yourself, Little Bear," said Big Bear. "I've still got plenty to do!"

Little Bear went to play by himself, while Big Bear got on with the work.

Kuti yare wuxuu
ciyaaray boodaalaysi.

Little Bear played
bear-jump.

Kuti yare wuxuu
ciyaaray ka siibasho.

Little Bear played
bear-slide.

Kuti yare wuxuu
ciyaaray iska-lulid.

Little Bear played
bear-swing.

Kuti yare wuxuu
ku ciyaaray qoryo.

Little Bear played
bear-tricks-with-bear-sticks.

Kuti yare ayaa ciyaaray
baqayo-rogad oo
madaxa isku taagay,
kuti weyne-na intuu soo
baxay ayuu dhagaxiisii ku fadhiistay. Kuti yare
ayaa ciyaaray wareegaalaysi, kuti weyne-na
indhaha ayuu isku qabsaday si uu u fekero.

Little Bear played bear-stand-on-his-head and
Big Bear came out to sit on his rock.
Little Bear played
bear-run-about-by-
himself and Big
Bear closed his
eyes for a think.

Kuti yare ayaa u tegay kuti
weyne oo damcay inuu la hadlo,
laakiin kuti weyne wuu . . .

gam'ay!

Little Bear went to speak
to Big Bear, but
Big Bear was . . .

asleep!

'Toos, kuti weyne!' ayuu yidhi kuti yare.
'Ciyaarahaygii oo dhan keligay baa
ciyaaray,' ayuu yidhi kuti yare.

"Wake up, Big Bear!" Little Bear said.
Big Bear opened his eyes.
"I've played all my games by myself,"
Little Bear said.

Kuti weyne ayaa yara fekeray,
markaasuu yidhi, 'Ina mari dhuumaalaysi
ciyaarnee, kuti yare.'
'Anigaa dhuumanaya, adiguna isoo raadi,' ayuu
yidhi kuti yare, markaasuu cararay oo dhuuntay.

Big Bear thought for a bit, then he said,
"Let's play hide-and-seek, Little Bear."
"I'll hide and you seek,"
    Little Bear said, and he
    ran off to hide.

'Waan soo socdaa immika!' ayuu ku
dhawaaqay kuti weyne, markaasuu
raadiyay illaa uu ka helay kuti yare.

"I'm coming now!" Big Bear
called and he looked till he
found Little Bear.

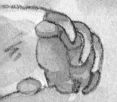

Markaasuu kuti weyne dhuuntay, kuti
yare-na raadiyay.
'Waan ku helay, kuti weyne!' ayuu yidhi kuti
yare. 'Immika anaa haddana dhuumanaya.'

Then Big Bear hid, and Little Bear looked.
"I found you, Big Bear!" Little Bear said.
"Now I'll hide again."

Ciyaaro badan oo kutida ciyaarto
ayay ciyaareen. Xitaa qorraxdii ayaa
ku libidhay dhirta dushooda, iyana weli
waa ciyaarayeen. Markaasaa kuti yare yidhi,
'Ina mari gurigii qabannee, kuti weyne.'

They played lots of bear-games.
When the sun slipped away through
the trees, they were still playing.
Then Little Bear said,
"Let's go home now, Big Bear."

Kuti yare iyo kuti weyne
hoggoodii ayay u carraabeen.
'Maanta aad beynu u mashquulsanayn,
kuti yare!' ayuu yidhi kuti weyne.
'Oh, aad bay u wanaagsanayd, kuti weyne,'
kuti yare ayaa yidhi. 'Anniga iyo adiga
oo isla . . .

Big Bear and Little Bear went
home to their cave.
"We've been busy today, Little Bear!"
said Big Bear.
"It was lovely, Big Bear," Little Bear said.
"Just you and me playing . . .

. . . ciyaarayna.'

together."